HUMAN RIGHTS

ヒューマン・ライツ

北山あさひ

目次

服務規程違反

腹筋の薄さを風に笑われているよう大木ばかりの街で

だれが夏に引導を渡したのだろう？色見本帳の青も尽きたり

ぎんなんの翡翠の玉はみっしりと　約束に似た復讐もある

新聞の小さな記事の小ささに何かが零れあるいは灯る

「出所者と交遊、看守懲戒」（二〇二〇年八月二十日　北海道新聞）

ブラインドすっすと上げて上げきれば夜とわたしと武蔵と小次郎

——女子刑務所の栃木刑務所（栃木県栃木市）は十九日、出所者との交遊や無許可での兼業をしていたとして、女性看守（二三）を減給2／10（二カ月）の懲戒処分にした。女性は同日付で依願退職した。

ピストル型体温計にその額を狙われておりアナウンサー・M

基礎のキをとばして奇抜な演出をしたがる新人ADは元気

ねえ、二十三歳のときなにしてた　オフィスの窓に窓映り込む

栃木刑務所によると、二〇一八年四月から二〇年一月にかけて、この刑務所の出所者の自宅に行ったほか、飲食店や観光地にも同行。

萎んでは咲く心のしぶとさよ月に貼られた無数のシールよ

十二位はごめんなさい山羊座のみなさん大事なことが思い出せない

エレベーターぽんと開けば清掃のオバチャンたちの「おはようございまーす！」

収容中に撮影された、この出所者の顔写真を施設から持ち出し本人に見せていた。

日勤の人は日傘を畳みつつすれ違うとき木の匂いせり

ショーウィンドウの彼や彼女の月給を想像してる　ポケットに十円

関係のあることばかり。ほんとうは。クレーンは鉄の花を吊るして

服務規程で、出所者と外で会うことは認められていない。

〈月と太陽ＢＲＥＷＩＮＧ〉に注（つ）がれゆくクラフトビールの金が流鏑馬

あじさいの写真を見せて同僚は、「同僚」はあじさい寺のごとし

「ポリティカルコレクトネス」を検索し読んでいる頬を寄せてきみたち

無許可兼業では、埼玉県内のイベント会場でレジ打ちのアルバイトなどをしていた。

人生がそっと重なる明るさを透してナンプラーの瓶はあり

何を話し何に怒るの現世（うつしよ）になみだぶくろのラメこぼれゆき

いつかはいつかはさよならだけど燦燦と夕映え色の酢がフォーに降る

晩夏(おそなつ)のレモンを切り分けるナイフ　連帯してもしなくてもいい

岡本昌之刑務所長は「信頼を損ね、深くおわび申し上げる。職員の指導を徹底する」とのコメントを出した。

クレマチス・ドクターラッペル枯れ残る花芯もやがて宙(そら)へと帰る

スリーピングスワンのポーズに目をつむる運命的王子不要時代

われもまた知らない街の知らないひと夢で会えたらその花を振れ

フレー、フレー

『「育ちがいい人」だけが知っていること』という本ぜんぶ燃やして焼き芋

怒りつつ速くなる、また遅くなる　箱根を走るは関東のひと

丈長きコートの重さいつもいつも椿はわたしの真裏で咲くよ

オレンジと胡桃、涙とピスタチオ、薔薇と荒野のパウンドケーキ

〈自己肯定〉できていますか？チャーハンの中のなるとのピンクのかけら

才能があると思えば冷たくて富士山ぐんぐん登れそうなり

民営のＰＣＲ検査所の説明書き通りにやって間違える

屋根に雪、猫にかつぶし　選ばれたり選ばれなかったり疲れるぜ

海へ行く電車、都会へ行く電車　答えは知っているのに遠い

冬の雷（らい）　成人式がなくなってほっとしているきみの瞳の

観覧車を喪くした街に観覧車のまぼろし視えて遠のくばかり

張りぼての二十歳（はたち）のわたしが振り返る　孤独はもっとずっと低カロリー

届かない／届かなかったものごとがわたしの北で星座をえがく

離れゆくフェリーの灯り明日には明日の霧に溶けながら往く

あおじろき鏡に映るなまけ者・わからずや・ばか　フレー、フレー

一口のギムレット分けてもらいたり心はいつもまち針だらけ

素

チョコレートファウンテンにいちご溺れさせ華やいだ春、あれから百年

木は雪を、雪は硝子をくすぐって冬の終わりの始まりしずか

二月　もう会わない人もいるだろう小さな茶器の小さな蓋よ

どうでもいい気持ちが合歓のように咲き斜め読みしている重き本

洗剤の7割は水、この星も7割が水　カーテン眩し

ひと冬をひと冬なりに伸びておりはまなす色のセーターの襟

顔にふる影もぼんやりやわらかく辞めてもいいこと書き出してみる

謙虚さをうつくしいとは思わない一夜(ひとよ)を雨と氷は争う

晴れた日は光のなかに浮いているシャンツェ　返事を引っ掛けておく

多色刷りのポストカードにできそうな厚焼きたまごサンドイッチだ

回転性眩暈にそっと傾ぐとき暗き花びらながれゆく見ゆ

春物の明るさ薄さ素早さを遠く眺めてエスカレーター

揺れている陽ざしの下に街はありレントゲンなら痛みが見える

ワカサギのように心が反り返る怒っているのに元気と言われて

胸に棲む幽霊船がゆっくりとそちらを向いてそちらへ行くぞ

アイスブルー以上ペールブルー未満　時間は空の同僚なのか

美顔器を当てられている目の奥に流氷が来る、来る、立ち上がる

溶けて水、凍って氷　ほんとうの素直を生きて社会にいたい

春までの寒き散歩よ妹に髪の長さをたずねてみよう

ロング・グッドバイ

広々と海の遠くを霞ませてHello, Goodbye. 春の雪ふる

海鳥をつめたき空へ押し上げる風の遊びの前に小さい

イメージの北前船を動かして小樽の胸をくすぐってみる

「来て」と思い「来るな」と思う　中トロを母に譲ってしましまになる

矢のようにさびしさが降るふるさとをかまぼこ抱いて駆け抜けました

オルゴール仕掛けの回転木馬から青きわたしが下りて戻らず

桜前線

春寒というよりただの寒の日をフライドチキン抱いて暖まる

春のバス、とはいえみんな起きていて陽ざしのなかに髪赤くする

海峡を一週間で渡りきる桜の神のゆるい背泳ぎ

プレスバターサンドを食べて半日後マルセイバターサンドを恋えり

デパートに空き店舗ありその横をもう夏のブラウスが揺れている

たまゆらのこの世にリボンはひらめいて駆け抜けてゆくわたしの猫よ

桜前線ゴールののちの静けさに炭酸水の蓋は鳴りたり

冒険

ぶつかられぶつかりかえし春疾風こころが柴犬になってしまった

愛は勝つ　三角山が三角で光と影のまだら模様で

傷ついてとても眩しいみずうみに目薬満ちてゆく昼さがり

目が痛い火曜日、「りぼん展」へ行く水曜日　すぐそこにある雨

遥かなる硝子ケースに「ふろく」あり剣あり土偶あり会いに行く

指輪へと指を通せる一瞬に前世の名前ひらめいて消ゆ

本棚に隠し扉があるように五月の森に昏き橋あり

のぞきこむ川の速度に焦点を合わせないすこしずれたくなって

「ぼく」という一人称のすずらんの花の内より蜘蛛の子あふるる

木漏れ日はひとの背中を撫でながら痛いの痛いの飛んでリラの木

境内の横で奇妙な体操をしている男　黒ずくめ　見ず

伐りたおす腕力(ちから)に星が駆け抜けた昔むかしを思い出します

ステーキと廃都市の絵を両面に印刷されて聖火となりぬ

開拓の一五〇年、冒険の一万年　風とソフトクリーム

この日々を忘れないでね巨大なるカムイの顔がビルのぞきこむ

紙詰まりを放置されたるコピー機のつめたき胸へ手を差し入れる

横縞（ボーダー）柄を着ると結婚できないよ　あの噴水を狼煙と思え

マスク取って矯正器具を見せてくれる十勝平野から来た女の子

雨風が傘を打つときあらわれる海鳥はいてわれわれも帰るよ

『涯にて』という誤字ひとつ　行きたいな　この世の涯の電話ボックス

国破れて山河あり、ぼろぼろの電話ボックスあり　呼んでいる

右耳の低き耳鳴りどこへ行く船でもよくて灯りを消した

五輪と腰痛

歩道へとせり出しているヤマボウシ有観客無観客許可局

それぞれに白蛾のような骨盤を隠して雨後のバスに立ちおり

ああ腰が鉄板ですね　わたくしの腰ではソース焼きそばが焼ける

天おろしうどんの店頭ディスプレイじっと見つめて動かない人

すぽーつのちから　ぐいぐいざるうどん啜って生きてこれは何メダル

むらさきの巨きな双手が下りてきて暮れゆく地方都市を揉みおり

虚しさを打ち返せ

夏のシャツ一枚に胸もまた一枚煙のにおいして振り返る

こめかみを流れゆく汗ふるさとの淋しい川にも名前あること

紙吹雪一枚ずつに居酒屋の名前を書いて　２０２１

パフェグラスの中の階級あおざめるように翳ればもう降っている

東京は夜の7時で札幌も夜の7時、だと思ってた

空間をこじ開けて咲くあじさいの青きちからに視力は上がる

木をぐるつかのま白き手裏剣のヤマボウシ見ゆ「山」と言えば「川」

合歓の木は夜に眠るという話したいあの子がこの世にいない

しなくていい苦労をせずに生きてほしい白桃、桜桃、無花果、李

ばかすかと大谷くんが彗星を打ち返す　虚しい　打ち返せ

蟬穴にひらかれている蟬の眼よ　貸しは必ず返してもらう

夏空のギンガムチェック九回裏二死満塁からみな立ち上がる

変身

サイダーのキャップを捻る瞬間に「元気だった？」と声がして　夏は

うん、元気。うん、テレビ局。他所(よそ)の家のりっぱな薔薇を胸に盗めり

恋をして遠くなりたるともだちの港まつりの綱引きを忘れず

トリミングサロンの窓にくっついて犬を見ているこどもたち　豆

〈ぼる塾〉のあんりの中に侍がいることわたしだけが知っている

ポプラ、全部滅茶苦茶にせよと願いたる日々もありけり生きているから

「まあねー」とハルニレが言い、山が言い、夕焼け雲も言うから素敵

可能性無限変身木曜日ムーンプリズムパワーメイクアップ!

箔押しのオリオンは指をくすぐって恋をしてもしなくてもあなた

明日は、明日は、明日はスマイル　ちっぽけな棘のようなる岬も暮れる

サマー・グリーティング

ヘブンズ・ドアー　わたくしという一冊に冷たき海の見開きがある

みんな死ねと思いし日々よ打ち合える羽根(シャトル)の滞空時間も青い

瞬きのあいだに虹は消え去ってあの子がわたしを日傘へ誘う

貝殻に耳をすませば「お母さんはお姉ちゃんのほうが好きでしょ」

ばらばらな思いのように浜茄子が風に吹かれてなはとむじーく

ホームランボールが夏の窓を割りわたしは今日のTシャツを脱ぐ

ゴールデンタイム

鎖(とざ)されし門のうちがわ小暗くて芙蓉の花のn人姉妹

紫陽花の家の二階の窓辺にはランプがひとつ、昼は灯らず

ちいさくて古くてさびしい坂の家の母娘(おやこ)喧嘩は小銭のごとし

夏なのか秋なのか憧れなのかフライドポテトなのか、ほおづえ

花びらにひとしく皺の寄るゆうべ電話をしてもだあれも出ない

芸人がセンターマイクへ駆けてゆく真裏で樹々も喋っているよ

百円玉消えてクッキーあらわるる手続きや手の暮らしとおもう

大いなる編み針が空にあらわれて編み上げる白、予感、まばたき

愛してる、でも解らない　銃撃のコミックス胸に伏せてねむりぬ

家族写真いちまいも無し狙撃手は亡霊のおとうとの腕のなか

青林檎ふたつに割ればみずみずと〈終わり〉が窓のように濡れおり

金木犀不在の街よ銃弾は胸に埋(うず)めたまま冬になる

退屈な世界に刺繡されてゆくスパンコールが都市や同人誌

寒がりのカラスも赤いナナカマドも猫の螺鈿の眼の中にいる

降りだして走りだしたり遠い日の心霊写真のはなしの途中

サモトラケのニケの両腕　妹と長く長く母を奪い合いたり

「鬱陶しい」と私があなたに言うときの冷たく青い箸置きのことを

北風のせなかを楓が通り抜け「変わらないねー」 変わったよ、とても

きらりきらりストップウォッチの螺子を巻く生放送だよじんせいは

夏は夢を、冬は記憶を磨かれて行くなら強い靴を履かなきゃ

声がして窓に額をおし当てる炭鉱村のような真夜中

会いたいよ　何十億個のじゃがいもの囁きのなかカーテン閉じる

合歓の家、木蓮の家　思い出がただの付箋になるまでを、居て

マンションの窓が灯ればまぼろしのピアノも鳴ると引き継いでおく

札束で〈地方〉の頬を叩くな

昔、ほんの一時期だけ父が寿都（すっつ）の寿司店で働いていた。夏休みに、母と妹と三人で、父が住み込みしているアパートに遊びに行ったことがある。寿都は静かな町だった。ゲームセンターがなかった。ちいさなラーメン屋のラーメンは味が薄かった。ひまなわたしたちは、寿司店の横の駐車場でバドミントンをした。寿都特有の強い海風にシャトルはあっという間に流されて、次々と川へ落ちていった。わたしたちは呆然と川を見下ろした。シャトルを打ち合ったのは妹だったのか、父だったのか、それとも寿司職人のお兄さんだったのか、もう思い出すことができない。

二〇二一年十月二十六日　寿都町長選挙　争点は「核のごみ」

二十年　九十億円　十万年　二千八百十人のこころ

うみねこの姿にも似てほんとうは投票用紙、町長選挙

「過疎」「分断」「核」の字幕に撃たれてもかんけいなくてシャリにネタのる

薄暗い水平線を見ていたら〈地方〉という字がのぼってくるぞ

貧しくてダサくて頭が悪いから〈地方〉は嫌い、でもペンダント

まっしろな舳先へ反射し続ける波の光のああ長電話

よろこびの筋を支えるさびしさの腱　奈落より網引き揚げる

緞帳も大漁旗も降りてくる　かもめが胸の真ん中を行く

札束で叩いてみせて十万年前の吹雪を思い出すから

we, our, us, ours, ourselves　曇天を攪拌せよ鉄のかざぐるま

共感（シンパシー）から共感力（エンパシー）へグラデーションを描いて今日の夕焼け空よ

羽根（シャトル）いくつも風に流れてさようなら百年瞑り百年開く

大回転

零時　ひとり椀をあらえば椀のなか泡はわたしを見ながら動く

大雪の三日三晩のしずけさに思い出したりあの子の名前

雑炊にたまごを流すつかの間の集中力に樹氷も伸びる

人類の初めての針、初めての毛皮の外套（コート）や　雪山の影

幾重もの雪の御簾ひらきひらき来る巨きなきみの脚もとにいる

散らばった色とりどりのビーズへと糸を通す鎮痛のイメージ

分断が見える／見えない／見る／見ない／見える／見えない／冬の迂回路

あの夏とこの冬の直訴ポケットの中の手の中に切符はあって

しんしんと雪は運河へ吸われゆきたましいすこし苔むすような

降る雪を花とおもえば狂おしく花の底より空見上げたり

「仕方がない」という言葉を振り切れよジャイアント・スラロームのかもめ

新しいカレンダーには新しい窓ならびおり割られるための

廃星チック冬景色

ねむいねむい大雪の午後チョコレートの恐竜たちも永久(とわ)の夢のなか

セーターの穴から指を出してみる廃星のような冬の終わりに

さよならが胸の遠くに響きおり鳥居もどんどん小さくなって

耐えきれずナナカマドの実も地に落ちてなお赤々しバラ科のあなた

Snowflake　六角形の神殿で電話番しているのはだあれ

ともだちは遠く近くに発熱しア・シ・タ・ハ・ハ・ル・ダ・もーるす信号

星の降る速度を思うのど飴が胸の扉を開け放つとき

雪にふる雪のさびしさ惑星の間をそれでも手紙は届き

封筒の中まで青い夜があり冷蔵庫には牛酪（バタ）ひとかけら

鍼二本打たれてしずかなる右手けっきょく好きにならなかった人

オレンジとベルガモットの雨が降る春のいつかへブラウス畳む

月に魔力、がんもに浮力　わたしには詠めないことのある健やかさ

キス・アンド・クライを走り去るだれか追いかけて追いかけてホッカイロ

ブラックアイスバーンにネオン　本を読む、読まない人を蔑みながら

ポップアップカードのように立ち上がる夕暮れの山A、B、Cよ

世紀末まで八十年　雪道に誰かが掘ってくれた階段

遺された車やバスがくるくると合体ロボになり走り出す

吹雪から顔だけ出して神様が「あなたはだんだん影絵になある」

軍配のようにスイートピー持って家の水辺へ、水を飲ませに

忘れない　忘れる　忘れてもいいよ　茎から赤い水をこぼして

たわむれに動画サイトに呼び出して聴いたりもする夏の夜の雨

雪壁の迷路を迷いなく歩き苺を届けまた戻り来る

メリーゴーラウンドをみんな抜け出して雪の浜辺を走っているよ

「疼く」という字にきみがいるあたりまえ雪の中から手袋拾う

愛は勝て

「新しい時代」に胸の半分が遠のくけれど　ノー、ノー、ノー

二〇二二年二月二七日　札幌駅南口にて「ロシアのウクライナ侵攻に抗議する」デモ

青あおとビル立ちにけりまぼろしの炎に戦(そよ)ぐＩ歯科医院

デモの輪を突っ切って来る黒服のおんなとついに視線は合わず

この胸にたった一つの勲章があること傷ついてから思い出す

きれぎれにマイクの声は風に沁む　Baby, don't cry……　そして雪

雪は降る埃のように灰のようにコートの中の鳩も鳴きたり

仕掛け絵本ひらけば夜の群青に彗星が立つ、立つ　愛は勝て

馬鹿野郎たち

必ず必ずさよならなのに降る雪の疼きに土鍋(なべ)は吹きこぼれおり

雪の匂いの向こうに春の匂いして朝火事多し気が向けば走る

兵隊の波にのまれて夢の中わたし消えますいもうと消えます

遅い雲　「オードブル承ります」つぶやいているあたまの上の

こんな薄い空も心ももう一枚外してちゃんと絶望したい

水たまり飛び越えるときめくれたるわたしの裏地　みんな馬鹿野郎

あと四十五日後に咲く花のこと疑ってリボンして待っている

ヒューマン・ライツ　1

ひとりじゃない、でもひとりだよ新緑が全速力で走ってる

噴水に「俺」の時間と「ぼく」の時間あるような気がしている五月

大ぶりの藤の花ぶさ近寄れば一対一の喧嘩みたいだ

地下鉄の窓開いていてときどきは風を潰してページをめくる

「潮騒」の文字の隣にひっそりと栞紐（スピン）の跡は声のゴトシモ

いろいろな歌集に理想のお父さんのようなものいて閉じる閉じる閉じる

おもて・うら　まひる・まよなか　ほんとうはどっちでもいいのに紫木蓮

ちゃんとした性教育をだれも知らずリラの隣に信号を待つ

はつなつの北山投手はサヨナラの3ランホームラン打たれたり

なんでわたしなんでヒューマン真夜中をひたむきに行くフェリーの灯り

朝のニュースのラインナップを立てる

やりづらいですね……と編集長は言い、　男女共同参画白書

一枚一枚紙が出てくるコピー機のそばでわたし、わたしも減ってゆく

霧雨の公園に碑を読むひとりお天気カメラの隅に映りぬ

雲の白、屋上の白、灯台の白にホワイトバランス調(ととの)う

さっき見た江ノ島は白い雨だった　サーフィンできる？できたらいいよね

なんかちょっときみに会いたい訊かなければ夫の話しないきみに

花びらというよりｉｆが散っているニセアカシアの明るい時間

山奥にしずかに光る湖よ婦人科に両脚ひらきつつ

立ち上がる力と声を聴くちから噴水にあり　……　と入れ替わる

ああ俺のひなぎくの道、ああぼくのブルース・ウェイン　夏はすぐそこ

ご機嫌でいたい柳の木のように　おいしいソフトクリームあります

胸の上にゆっくりゆっくり猫の顔がおりてくる遠浅の夜なり

心を信じ心を頼り心を詠みまっすぐに裏切られる、いつか

だとしても赤飯の豆は甘納豆　花の首咲く丘をくだって

F

雨の這うガラスに街は歪みたりガラスの中の人間たちも

手を挙げて意見を言えば晩秋の墓場のように静まりかえる

目を伏せて男も女も静かなり千年経って山と河あり

千年をずっと女であるような悔しいすすき野原の風だ

「無駄だよ」と声が聴こえる手を洗う小さな滝の速度の中に

「ナンバーワン人妻エロス傑作選」のとなりの「短歌研究」「歌壇」

羨ましいならなれよ女に、犬に　ぐらりと地下鉄がやってくる

夏空

ただ消えるだけではどうしてだめなのか墓参の人の麦わら帽子

墓地というやさしき場所に母と来てこの世の水に手を濡らしたり

蟬じゃなく空が唸っているんだよ石のあいだに人は小さい

覚えたての「宗教二世」を連呼して母がバッタを蹴散らしていく

律儀にもマッチで炎をつけようと　令和四年、風の中のマッチ棒

極楽も地獄も金の沙汰次第こころのポケットに手を突っ込んで

母がもう会えない人とわたしがもう会えない人に夏空は鳴る

母が死にわたしが死んでもっと後に日本が死ぬ大きな石の下

ヒューマン・ライツ　2

ロボットもニュースも男がつくるものビルは勃ちわたしは製氷器

京都大学が開発した〈同調笑い〉をするロボット「ERICA」のニュース

女はロボット　おまえもロボット　封筒に戻して白い火をつけました

はつあきの肋骨雲のしずかなる総崩れ見ゆドアを閉じても

ロボットになってしまった人間の女もいるよ　鉄の電波塔

伝わらない言葉のようにほおずきやアンドロメダの臍は灯るも

民法労連「民放テレビ・ラジオ局の女性割合調査　結果報告」（二〇二二年七月十四日）によれば、在京・在阪のテレビ局で、コンテンツ制作部門（報道、制作、情報制作、スポーツ）の最高責任者に、女性は一人もいなかった。

狂うなよ　ストップウォッチのねじを巻き秒針分針味方につける

「そうですか〜、あはは、ウフフ」の時は過ぎ吹雪に烟（けむ）る白樺並木

永遠に泣かないエリカ　コピー機のそばの窓から星を探した

梅干し

一年中ずっとひとりでしゃべってた梅干しみたいなわたしの星で

クリスマスカードの電子音が鳴り引き落とされる屋根修理代

明るくて静かな雪の真夜中を帰りゆく人たったひとりで

カーテンの隙間から見た八月の喧嘩のことを今でも話す

豚汁に焼き芋入れるとおいしいよ　教えてくれる冬のともだち

豆腐とはまず水の味、豆の味おわるころお坊さんの味なり

人びとが「北の風土」と呼ぶものをただ生きて死ぬふつうのことに

降るたびに扉が閉まる「さよオナラ」でこどもは今も笑うだろうか

1052167

打ちつけて逆巻く雪のこんとんにこの世の眼盗まれるまま

まよなかの雪をしずかに吸いながらみずうみ、傷はゆっくり癒える

ばらばらになって家族がそれぞれに呼吸のできる一月一日

かもしれない、もう最終回かもしれない　ぼろみたいな昼間のイルミネーション

スノードーム割れてみーんないなくなるだから一汁一菜でええねん

神様を呼び出していたポケベルも記憶のみるふぃゆに見失う

わたしという点P　ここではないどこかX　バスに寝過ごしながら

空を弾くはだかの枝ののくたーん百年生きて解(ほど)かれるなら

おみくじを絵馬を鳴らして吹く風に振り向くなかれ　一人でわたし

てぶくろの指にすいっと縄暖簾分けて真冬の顔を見せたり

ごっくんごっくん仏花が水を飲む音が聴こえるこれからもよろしくね

蜜柑一つ腐れゆく夜おおいなる手のおおいなるアーチをくぐる

二〇二三年の春に考えていたこと

たて書きの一首一首が森になる檻になるお粥色の空みゆ

胃の裏を雪どけ水がキャッキャッと流れてわたしはわからなくなった

春がすみ傷つくたびに晴れてゆきあなたの顔がようやく見える

敵ですか　わたしは誰の敵ですか　雪は笑って消えゆくものを

偽物の真珠をさわる千円の指輪の、でもただ一つの飾り

今年の春さいしょの雨に濡れているカモメの翼　自信がないよ

壁を走るプリズムほんのさっきまで正義であっという間に夜だ

＊

見ないふりしないふりして春の村心臓に毛が生えたピッチャー

菜の花をほぐして一人にしてあげる遠近感が戻れば泣ける

智慧がほしい　わたしの顔にゆっくりと近づいてくる空の真顔よ

風が吹く　わたしの顔が裏返りあなたの顔になる　ひやしんす

わからないことをわかって行く森の一本ずつに水の血のぼる

お互いに人質だからみんなみんな優しい滝のように青ざめて

いちまいの明るい更地こうやって消えてもいいの　春はあけぼの

Over the distance

なにひとつぶち壊せずに四十年……　ホットココアの奈落

*

甘くあまく雪に霞んでいる街よシンナーで飛んだおとうとたちよ

死に顔のようにあかるい曇天を支えて木々の裸身が太い

長崎屋の〈ジジババ広場〉のジジとババすろーもーしょんでも動いてる

死んだ父・苔むした母・しわしわの娘二人のでぃずにーらんど

「田舎だよっ、小樽なんてっ！」と叫んでたあの子も麦茶飲ませてくれた

ともだちと手袋の手を振り合って十代、二十代、矢は飛び続ける

＊

磨かれて崖のすがおの二〇〇〇〇歳　白旗下げて桃旗上げる

お・め・で・と・う　背中に書いてくれたから水紋すっすっ閉じてゆきます

あれからぼくたちは何かを信じてこれたかなあ　明かりが消えてしずかになった

部屋中の箪笥が硝子のビルになる　大人になってまだ3分だ

さかなクン

映像のブロックノイズのように吹く桜はなびら瞬きをして
怒っても怒っても怒っても怒っても怒っても　届かない

猫に枕とられて立っているひとり何度眠れば世界がわかる

つむる目の奥行深し星ぼしをつなげば灯るダイイング・メッセージ

ひらかれてビニール傘はゆううつな透明　だれも顔を持たない

なんか花咲いていました路地裏の捨て子のような空き地のあたり

飲みさしの紅茶の底にはちみつの重さが見えて夕暮れが来る

やさしくてつよい北海道のひと優しく勁(つよ)い歌を詠みけり

わかりたくないから網を投げないで　心はわさび、透けるから服

てのひらに「て」と書いてある私らしい手相でひらけひらけ扉よ

売れ残り花火はどこで何してる空のてっぺんから声がする

サンマってほんとに剣だ、さかなクン　魚売り場の光のなかへ

あとがき

わたしの初めての歌集『崖にて』が二〇二〇年十一月の発行だったから、本書はちょうど三年ぶりの第二歌集となる。二〇年後半から二三年七月頃までの作品を収めた。

コロナ禍、東京オリンピック、ロシアによるウクライナへの侵攻、安倍元総理銃撃、国葬、五輪汚職、とめどない物価高騰……。ものすごいスピードで迫ってくる絶望から、必死に逃げ続けた三年だったように思う。短歌はハーレーダビッドソンのごとく、わたしを乗せて暗闇をタフに疾走してくれた（じっさいにハーレーダビッドソンに乗ったことはありませんが）。短歌との正しい付き合い方ではなかったかもしれないけれど、ずっと助けられていた。

本書のタイトル『ヒューマン・ライツ』は、そのまま「人権」という意味でもあり、人びとが暮らす街の明かりや、喜怒哀楽の点滅のようなものものもイメージしている。虚しさに押し潰されそうになるときもあるけれど、それをはねのける強さが自分にはあると信じたい。自由と尊厳の火は、すでに心に灯っている。

日頃からお世話になっている「まひる野」の皆様、短歌を通して出会えた方々、いつも応援してくれている友人たちに、この場を借りて御礼申し上げます。特にここ数年は北海道の短歌仲間に支えられています。いつも味方でいてくれてありがとうございます。歌集の完成までずっと一緒に走り続けてくださった左右社の筒井菜央さん、装幀を手掛けてくださった佐藤亜沙美さんにも、心から感謝申し上げます。

二〇二三年九月

北山あさひ

北山あさひ（きたやま・あさひ）

一九八三年、北海道小樽市生まれ。
二〇一三年より短歌結社「まひる野」所属。
二〇一九年に第七回現代短歌社賞を受賞。
二〇二〇年、歌集『崖にて』（現代短歌社）を刊行。
現在は札幌市在住。

ヒューマン・ライツ

まひる野叢書第四〇七篇

二〇二三年十一月六日　第一刷発行

著者　北山あさひ
発行者　小柳学
発行所　株式会社左右社
東京都渋谷区千駄ヶ谷三丁目五五‐一二
ヴィラパルテノンB1
TEL　〇三‐五七八六‐六〇三〇
FAX　〇三‐五七八六‐六〇三二
印刷所　創栄図書印刷株式会社
装幀　佐藤亜沙美（サトウサンカイ）

ISBN978-4-86528-399-0